SENTIMENS D'UN HOMME D'ESPRIT, SUR LA NOUVELLE INTITULÉE DOM CARLOS.

A PARIS,
Chez CLAUDE BARBIN, ſur le ſecond Perron de la Ste Chapelle.

M. DC. LXXIII.

SENTIMENS D'UN HOMME D'ESPRIT, SUR LA NOUVELLE INTITULÉE DOM CARLOS.

RENONCEZ pour jamais à écrire, MADAME, il n'y a que l'Autheur de Dom Carlos, qui merite d'occuper les Imprimeurs ; Il a les graces de la nouveauté ; il ſçait ſi finement meſler la Fable à l'Hiſtoire, qu'à peine peut-on les ſéparer. Quand je lis la Nouvelle qu'il vient de donner au Public, & que ſon ſtile ſec m'a perſüadé que c'eſt une relation veritable, je cours à l'Hiſtoire, & je demeure ſurpris de trouver fabuleux, tout ce que j'avois jugé hiſtorique.

J'admire comme aprés avoir cité les Autheurs generaux, il en commente les paſſages; & ne leur empruntant qu'un mot, dont ſouvent l'application change le ſens, promene ſes vaſtes idées juſques au cabinet & au lit des plus grands Princes.

Vous n'auriez jamais cette hardieſſe, & fidelle dépoſitaire des tréſors de l'Hiſtoire, vous auriez fait ſcrupule de nous repreſenter le fils naturel de Charles-Quint, ſous la figure d'un mal-honneſte homme. Vous ſçavez que les Autheurs qui ont parlé de luy, le nomment l'Amour de ſon ſiecle, & l'émulation de ceux qui le ſuivront. Vous nous repeteriez ces Eloges, & ſans ſonger que pour plaire, il faut dire des choſes nouvelles, vous ne vous feriez point adviſé de donner à Dom Juan des deſirs criminels pour la femme de ſon Roy, & des ſentimens de vangeance & d'envie pour un Prince dont il devoit eſtre un jour le ſujet.

Vous auriez par les ſuites du meſme eſprit obſervé les regles de la vraiſemblance, & vous ſouvenant qu'Homere, & Virgile, marquent avec ſoin l'âge de leurs Heros ; qu'ils ne leur font rien faire que de conforme à cette obſervation, & que chez eux la ſaiſon de la prudence, & celle des entreprises temeraires, sont visiblement distinguées; Vous auriez perdu ce grand incident de l'entreveüe de la Reine, & du Prince Dom Carlos.

Il naquit au mois de Novembre de l'annèe 1544. & Madame Elisabeth de France, Heroïne de cette Histoire, fut mariée au Roy Philipe II. au mois de Juin de l'année 1559. Ce Prince n'avoit donc que quinze ans, quand (pour me ſervir des termes de l'Autheur) *il luy alla à la rencontre.*

Qu'auriez-vous fait d'un Heros de cét âge ? vous auriez crû pecher contre le jugement, ſi Vous l'aviez determiné à ce qu'il devoit faire. Il n'euſt receu les impreſſions de l'amour que comme un mouvement inconnu, & ſurpris d'un trouble qu'il n'auroit pû deffinir, il vous eut forcée à trancher en ſix lignes de recit, trois ou quatre années de ſa vie.

Son nouvel Hiſtorien en eſt bien meilleur menager, à cet âge où vous n'auriez oſé luy donner aucun employ, il conçoit un violent amour pour la femme de ſon Pere. Les perils & la ſingularité de ſon entrepriſe ne luy donnent aucune terreur; & maiſtre abſolu d'un eſprit, qui à peine devoit eſtre formé, le deſordre & l'ardeur de ſon ame ne produiſent qu'une conversation enjoüée.

Vous me direz sans doute, comme vous estes malicieuse, que ce caractere se dement, & que la dissimulation du Prince l'abandonne dans les occasions où elle luy seroit le plus necessaire. Il laisse deviner au Prince son oncle, les sentimens de son cœur, & de cette imprudence, passant à une autre, il dit des injures à un homme qu'il avoit assez esſtimé pour ne ſe déguiſer qu'imparfaitement en ſa preſence ; Il choiſit mal ſon lieu & ſes témoins, quand il fait cette raillerie ſur les voyages du Roy ſon Pere : & la Princeſſe d'Eboly luy eſtoit aſſez ſuſpecte pour le contraindre à ſe moderer devant elle. N'avoit-il ? me direz vous, que la chambre de la Reine, où il pût écrire une ironie de cette force ? & apres l'avoir écrite, n'avoit-il point d'autre endroit où la cacher, qu'un cabinet, qui par le nombre des Officiers d'une Reine, doit eſtre conſideré, comme un lieu public ? Mais MADAME, il faut que toutes choſes ſuivent l'ordre de la Nature : Dom Carlos avoit fait à quinze ans, le perſonnage d'un homme de quarante; il falloit bien que dans le reſte de ſa vie, il fit celuy d'un homme de quinze.

D'ailleurs la Princeſſe d'Eboly eſtoit Dame d'honneur de la Reine, elle eſtoit preſente lors qu'on vint avertir ſa Majeſté de l'évanoüiſſement du Roy, & il eſtoit à juger qu'un accident ſi remarquable l'obligeroit à la ſuivre. Dom Carlos avoit-il à deviner, que dans une occaſion qui attiroit les moindres Officiers du Roy à ſon appartement, une Dame d'honneur de la Reine, ſe diſpenſeroit d'y aller? & que ſans témoigner prendre intereſt à la ſanté du Monarque, elle mettroit en uſage la précaution d'une fauſſe clef? Cela n'avoit point d'apparance, & à la place de Dom Carlos, j'aurois cru la Princeſſe où elle devoit eſtre, plutoſt qu'à faire imiter le livre qu'elle déroba.

Ces meſmes deffences peuvent ſervir à l'incident du Billet qui ſe trouve ſous l'aſſiette de Dom Carlos; Les Cri.

tiques demandent, par quelle adventure il a passé jusques à nous? Si le Prince l'avoit montré ? A qui ? Quand ? Pourquoy ? & plusieurs autres Eclaircissemens que jusques ici on avoit crû necessaires aux incidents principaux. Mais Dom Carlos, & les Lecteurs de son Histoire, ont ils deu regarder ce billet comme un advis important ? Ce n'est qu'un long tissu de Maximes generalles, qu'on

peut

peut à ſon choix s'apliquer, ou ne s'apliquer pas. ; le Prince prit ce papier pour l'extrait d'un recüeil de Sentences, & ſçachant qu'un billet coulé ſous une aſſiette, eſt ordinairement plus ſuccint, & plus poſitif, il ne fit ſans doute pas plus de façon de le montrer, qu'on en fait de nous le rendre ſans aucune authorité.

I'admire la fecondité de cét Auteur, en Sentences & en Maximes.

Les gens qui ne ſont pas doüez de cette abondance, en deguiſent le deffaut ſous des regles plauſibles. Ils diſent que les Maximes doivent eſtre prudemment meſnagèes ; Que l'excez en eſt plus dangereux que la mediocrité ; Et que ſi elles ne ſont renfermées dans le ſujet, elles chargent l'imagination du Lecteur de penſées Epiſodiques qui le detournent de ſon aplication.

Ce ſont vieilles erreurs, que Dom Carlos eſt venu détruire. Dans la ſeule page 100. je trouve trois maximes de ſuite, qui en apparance marquent des conditions neceſſaires, & qui ne laiſſent pas de charmer le public, comme le reſte de cet ouvrage.

C'eſt à l'endroit où apres avoir fait détermi-ner Ruï Gomez à perdre le Prince d'Eſpagne, il juge à propos, ſeulement pour la forme, de le faire balancer; *Perſonne*, dit-il, *ne devient ſcelerat tout d'un coup, il n'appartient pas à toute ſorte d'ames, de reſoudre une grande mechanceté, la premiere fois qu'elle vient dans la penſée: on n'arrive au crime que par degrez, de meſme qu'à la vertu.*

Les envieux du ſuccez de Dom Carlos pourroient dire que ce diſcours eſt Problematique; qu'il n'eſt point abſolument vray, que perſonne ne devienne ſcelerat tout d'un coup: qu'on pourroit ſoûtenir au contraire, qu'il y a des naturels ſi pervers qu'ils ſe portent au mal par inſtinct ; & que pour détruire la propoſition de cét Autheur par ſon livre meſme, on peut remarquer que dés lors Ruy Gomez eſtoit réſolu de perdre le Prince, en ſorte qu'il ne menquoit que de moyens pour y parvenir, & non pas des intentions qui proprement font l'homme ſcelerat.

Ils ajoûteroient encore, que ces maximes ſont placées au nœud de l'intrigue : Qu'en cet endroit le Lecteur eſt curieux de ſçavoir ce que fait Ruy Gomez, & non pas ſi on devient ſcelerat tout d'un coup, ou par degrés. Mais de quelle utilité eſt pour un Lecteur le projet de ce Favory? l'Hiſtoire de Dom Carlos eſt une relation indifferente qui ne me rend ni plus Philo-ſophe ni plus honneſte-homme ; il vaut bien mieux la remplir de doctes Sentences , que de me la narrer ſimplement. Si on l'avoit écrite dans les regles du ſtille narratif, je la ſçaurois mieux , mais je ne ſçaurois peut-eſtre point que *perſonne ne devient ſcelerat tout d'vn coup* ; & outre que cet enſeignement eſt neceſſaire aux gens de bonnes mœurs , ces ſages Maximes ſont tirées d'un Auteur Machiavel qui merite bienſqu'on faſſe honneur à es penſées.

En pouvons-nous faire aſſez, aux expreſſions naïves dont ce Moderne ſe ſert pour traiter les matieres les plus graves? Il dit dans la page 48. parlant de Dom Iüan: *Il n'vſa plus de la familiarité que la qualité d'Oncle luy donnoit, & devint l'un des plus reſpectueux Courtiſans du Prince.* N'admirez-vous

point

point ce mot *familiarité*, pour faire entendre l'air de vivre d'vn Enfant illegitime avec l'heritier presomptif de son Roy. Je m'imagine voir Dom Jean railler familiairement le Prince qu'il devoit desia regarder avec des yeux de Sujet, oublier qu'il pouvoit devenir l'Arbitre de sa vie, & de sa mort, & zelé partisant de sa Iustice future, en meriter la severité par l'advance de quelque jeu de main. I'ay veu ſouvent avec autant d'eſtime que de veneration, le reſpect d'vn des premiers Princes du monde, pour vn Enfant de huit ou dix années, & cét vſage ne m'eſtonnoit point. Car les Princes d'vn ſang Royal regardant la Couronne comme un bien dont dont les caprices de la nature peuvent leur faire preſent, ont intereſt d'établir en leur perſonne les devoirs qu'un jour ils pourroient exiger. Mais cette Regle n'eſtant point pour les Enfans naturels, leur donne dans Dom Carlos de grands Privileges ſur les legitimes. Dom Iean ſe familliariſe avec le jeune Infant, il bannit de leur ſocieté le ſerieux qui auroit gaſté vne Nouvelle galante, & ne daignant ſe ſouvenir de ce qu'il eſt, & de ce qu'eſt le Prince d'Eſpagne, il n'auroit point connu le reſpect qu'il luy devoit, , ſi l'amour ne luy en euſt donné vne leçon. Voyla ce qui peut s'apeller vn ouvrage de galanterie : l'amour y devient le fondement des devoirs les mieux établis, & des bienſçéances les plus indiſpenſables Il eſt vray que Dom Iüan n'affecta cét air reſpectueux que pour mieux trahir ſon Prince. Mais ſoit feinte, ſoit verité, c'eſt à l'amour que la posterité doit les aparances de ce respect. Ha ! charmante Nouvelle, que vous estes galante, & qu'il est juste de vous preferer à toutes les galanteries de nostre temps !

Vous ne manquerez jamais de vous recrier contre mon exclamation, vous direz avec ces deux ou trois amis fameux, dont vous m'envoyez les sentiments sur ce livre, que son stille, les converſations qu'il contient, & les incidents qui le compoſent, n'ont rien qui convienne à la galanterie, & que l'Auteur meſme en eſt ſi perſüadé, qu'il l'intitule Nouvelle hiſtorique. Mais je ſçay d'original que ſa premiere intention n'eſtoit point de le donner comme vne Hiſtoire. Le manuſcrit en a eſté leu en preſence d'vn de mes amis, qui m'a dit qu'on preparoit la mort de la

Reyne d'Eſpagne par dix mois d'inhabitation avec le Roy ſon Mary. Les favoris, diſoit l'Auteur, qui redoutoient le credit qu'elle s'aqueroit par ſa Beauté dans les entreveuës particulieres, avoient adroitement fomenté ce divorce. Il admiroit ce trait de ſa propre imagination: & ce ne fut qu'apres vne verification autentique qu'il conſentit à la ſoumettre à la verité.

Qu'on le laiſſe donc en repos, ſur ce qui touche les faits de l'Hiſtoire. Il n'a pretendu donner au Public qu'vne fable agreable, & pour le prouver, c'eſt qu'en pluſieurs endroits le merveilleux y triomphe du vray-ſemblable.

Dans la page 17. le Prince d'Eſpagne ſçachant que la Reyne arrivoit, *luy alla à la rencontre*. Dans la 16. *il prit place dans le meſ-*

me caroſſe & ne leva pas les yeux de deſſus, il eut pendant le chemin toute la commodité qu'il pouvoit deſirer de la conſiderer & de ſe perdre. Et dix ou douze lignes plus loing, *leurs yeux apres s'eſtre évitez quelque temps, laſſez de ſe faire violence, s'eſtant rencontrez par hazard, ils n'eurent jamais la force de ſe detourner.*

Que voulez-vous de plus merveilleux qu'un homme qui ne leve pas les yeux de deſſus vn objet, & qui a beſoin d'un favorable hazard pour le rencontrer ? *Il eut pendant le chemin toute la commodité qu'il pouvoir deſirer de la conſiderer & de ſe perdre.* Cependant, ſi le hazard n'euſt vaincu la violence qu'il ſe faiſoit, ſes regards n'euſſent pas rencontré ceux de la Reyne. Les enchantements de l'Arioſte, valent-ils ce Trait ? Et n'eſt-il pas plus merveilleux de voir vn homme attacher les yeux ſur un objet, & l'éviter, que de voir l'Enchanteur Atlant employer ſon art à conſtruire, & à rüiner un Chaſteau imaginaire?

La penetration qu'en cét endroit il donne à la Reyne d'Eſpagne, ne vous charme-t-elle point? Elle eſtoit née l'an mil cinq cens quarante-quatre, comme le Prince Dom Carlos; & fut mariée au

Roy Philipes l'an mil cinq cens cinquante-neuf, comme je l'ay marqué. Elle n'avoit donc que quinze ans lors que le Prince *luy alla à la rencontre*. Elle n'avoit aparamment jamais entendu parler d'Amour, on ne hazarde guere d'en tenir les propos à la fille d'un grand Roy. Cependant cette jeune Reyne remarque le trouble du Prince; Elle l'explique comme il pouvoit le desirer : Et dans la premiere conversation qu'ils ont ensemble, elle le plaint tendrement des maux qu'il souffre. Quel exemple pour les personnes de ce Rang; Elles font gloire de se tenir prestes pour le premier sacrifice qu'on voudra faire à la Raison d'Estat. L'Amour ne leur est presenté que soubs la figure de l'Hymenée : Qu'elles apprennent d'Elisabeth de France, Reyne d'Espagne, que ces precautions ſont foibles, contre les effets d'un bon naturel: Qu'une haute vertu n'eſt pas incompatible avec vne intrigue de galanterie : Qu'on peut la pouſſer juſques aux entretiens miſterieux , & aux lettres emportées: Et que la pitié pour les ſouffrances d'vn Amant , eſt ſi fort le propre des belles ames , qu'elle ſurmonte juſques aux monſtrueuſes idées d'un inceſte d'intention.

Mais auſſi pour quel Amant la Reyne d'Eſpagne fut-elle capable de ces nobles ſentiments? Mezeray parlant de la mort de ce Prince, & des raiſons que le Roy ſon Pere avoit euë de l'ordonner, dit dans la page 1051. de ſon Abregé Chronologique, *que c'eſtoit un eſprit égaré, intraitable, & fort dangereux*: Les charmes d'Eliſabeth de France font de ce meſme Prince, vn Heros accomply: ne devoit-elle pas à cette metamorphoſe vne reconnoiſſance extraordinaire ? Il l'aime : Il luy declare ouvertement ſa paſſion : Il traite avec les revoltez des Païs-Bas, pour ſe rendre digne de ſon eſtime. Cette conduite d'Amour ſouffre-t'elle des reſerves ? & peut-on moins donner que tout ſon cœur à vn Amant qui ſçait ſi bien aimer, & qui en donne ne de ſi belles preuves?

Il faut advoüer que cette Reyne avoit un merveilleux talent pour changer ainſi le naturel des perſonnes qui l'aimoient. Les Hiſtoriens parlent de Dom Jüan comme d'vn homme ferme dans ſes reſolutions, capable des plus grandes entrepriſes, & qui enviſageoit avec mépris ce qu'elles avoient de perilleux. Si-toſt qu'il aime la

Reyne d'Espagne, il ne forme que des desseins flotans. Sa jalousie, & ses ardeurs sont également pacifiques ; & l'ambition de se faire aimer de la femme de son Roy, about à recevoir quelques faveurs d'vne Dame qu'on juge n'en estre pas avare. Que voulez-vous de plus nouveau que ce caractere ? Je m'attendois voyant ce Prince, amoureux de la Reyne, & Rival du Successeur de la Couronne ; que de ſi grands intereſts entre des perſonnes de cette importance, ſeroient vne ſource inépuiſable de rares incidents. Ces preparations ne produiſent qu'vne paſſion de commodité pour la Princeſſe d'Eboli. N'eſt-ce pas-là ſurprendre agreablement les Lecteurs ? & n'ai-je pas raiſon de ſouſtenir, qu'il n'y a que l'Auteur de Dom Carlos qui merite d'occuper la presse?

Que dirons-nous de la Relation qu'il fait faire au Roy Philipes II. dans le Monastere des Hyeronimites? Elle contient des parolles dites à l'Empereur son Pere, par lesquelles un simple Religieux luy reproche qu'il a troublé le repos de toute la Terre. Il n'y a Solitaire si peu sçavant dans les maximes du monde, qui sçachant qu'il parloit à son Roy, n'euſt heſité ſur la maniere de s'exprimer. Le Hieronimite mépriſe ces foibles conſiderations, & pouſſé d'vne hardieſſe, veritablement Monaſtique, il aprend à ſon Souverain que l'Empereur, dont il tient la vie, pouvoit eſtre nommé le Perturbateur du repos de l'Europe. Il n'y a perſonne qui ne convienne, que cela fut dit à Charles-Quint, de la maniere qu'on le raporte. Mais il eſtoit dans vne retraite, & alors dans vn exercice qui l'expoſoit à ces humiliations. Autre choſe eſt, de traiter comme vn Religieux, un Empereur qui luy meſme s'eſtoit confondu avec ces Moynes : autre choſe eſt, de raporter ces delicates parolles à vn Prince fier, de difficille accez, & qui n'eſtoit pas moins abſolu que vindicatif. Auſſi l'Auteur de Dom Carlos, a trouvé ce trait de franchiſe ſi original, qu'il a negligé de l'appuyer ſur aucune citation. Il en donne des moindre choſes, & n'a pas jugé devoir en donner d'vne liberté ſi delicate.

Mais, pourquoy nous en auroit-il donné ? Il avoit desja ſi bien étably que Philipe II. étoit jaloux de la gloire de ſon Pere, qu'on luy faiſoit ſa Cour en noirciſſant ſa memoire. Le Hyeronimite eſtoit plus fin Courtisant, que naïf Solitaire, & il sçavoit la docilité que Philipes avoit témoignée pour les Sentences de l'Inquisition. J'aurois voulu au moins, pour la forme, qu'on eût raporté les aparances de sedition, qui forcerent ce Prince à laisser brûler le Testament de Charles-Quint. Mais outre que ces traits de hardiesse sont nouveaux, & que pour plaire il n'est que la nou-

veauté

veauté. Comment? ſi on n'avoit point emplifié cette particularité, la Reyne auroit-elle trouvé moyen d'écrire au Prince la lettre qui con. duit à la Cataſtrophe? Il faloit bien que Dom Carlos quitât Madrid, tombât de cheval, & fût en dauger de mort pour recevoir cette lettre. Et c'eût eſté grand dommage, ſi faute d'vn peu d'augmentation à l'Hiſtoire, vne intrigue ſi charmañte n'avoit point esté denoüée.

J'ay eu beaucoup de curiosité pour voir au moins quelques fragments d'une lettre si importante. Il me sembloit que fondant la jalousie du Roy, & la mort de la Reine, je ne pouvois les accuser ni les plaindre, tant que la supression de cette lettre me laisseroit ignorer la force de ses termes. Mais cetre mesme curiosité est vn art de l'Auteur. Il faut ainſi laiſſer les Lecteurs en halene, & je m'attents qu'au premier jour nous verrons vne adition à la nouvelle de Dom Carlos.

CONTENANT.

Les fragments de cette lettre, deſirez par moy avec tant de juſtice.

Vn Recüeil des entretiens, tant d'Amour

que de Politique, dont l'Autheur a dédeigné de nous faire part dans cette premiere Edition.

Comment ? Quand ? & par Qui ? les particularitez de cette Histoire ont esté sçeuës ?

Les Sentiments de Dom Iüan, sur la mort de la Reyne ; Et les suites de son intrigue avec la Princesse d'Eboli.

Les progrez de la conclusion de l'amour

de Perez, avec cette mesme Princesse.

Je ne puis vous dire combien ce dernier article me donne de desirs. L'Amour d'Antonio Perez éclôt comme par Miracle, & disparoist si-tost qu'il s'est montré. Je ne voy point si la Dame recompense l'Amant des advis qu'il luy donne, ou si elle vse d'ingratitude. On me dit que dans les suittes elle devient Maiſtreſſe du Roy , ſans me dire ſi cét Amant qu'on vient de faire monter ſur la Scene en eſt ſatisfait ou mécontent. Il eſt redoutable par les ſecrets dont il eſt dépoſitaire; & ſi on ne l'apaiſe par quelque douceur , il eſt en état de porter loing ſa vangeance. Ie ne ſçay s'il en conçoit , ou s'il la juge indigne de luy. Mais toutes choſes viennent dans leur ſaiſon. Et Dom Carlos n'eſt ſans doute que le Plan d'un Livre plus étendu.

Il ne tiendra qu'à ſon Autheur de le pouſſer juſques à pluſieurs Volumes, il eſt chargé d'aſſez de matiere pour fournir à ce deſſein.

Le Roy Philipes accorde le Prince ſon Fils à vne Fille de France, & ne le marie point.

Il la prend pour luymeſme, & ſon Fils s'en

vange en continüant d'aimer ſa Belle-mere.

Vn Prince conſiderable par ſa naiſſance, & par les qualitez de ſa perſonne, devient Rival de cét Autre.

Vne Femme jalouſe ſe meſle à tout cela.

Les Miniſtres ſe liguent.

Le Heros & l'Heroïne ſont immolez.

Et tous ces incidents ſont compris dans vne lecture de trois quar-d'heures. Les dix Tomes de Caſſandre n'ont pas tant de ſujet, & j'eſpere que l'Autheur de Dom Carlos faiſant cette reflection filera ſa Matiere, & me donnera plus d'une fois le plaiſir de vous mander mes ſentiments ſur ſon Ouvrage.

Je pourrois les étendre juſques au tour des fraſes, & à la nouveauté de la diction.

J'ay remarqué juſques à trente-deux manieres de parler, qui

jusques ici estoient inconnuës aux Autheurs François. Mais cette Lettre-ci est desja d'une longueur ennuyeuse : Je garde le reste de mes Observations pour vn autre Ordinaire ; & en vous conjurant de soulager les chagrins de mon absence par des Lettres frequentes. Je vous suplie de vous souvenir que je suis &c.

FIN.

www.ingramcontent.com/pod-product-compliance
Lightning Source LLC
LaVergne TN
LVHW011958160826
845678LV00002B/608
* 9 7 8 2 3 2 9 6 8 3 1 5 7 *